文芸社

〈主な登場人物〉

駿河幸平（四十歳）……京都府警遊軍捜査課、課長、警部
平本菜穂（三十二歳）……京都府警遊軍捜査課、巡査部長。駿河の部下
相澤千歳（三十九歳）……京都府警遊軍捜査課、警部補。駿河の同期
殿村亮太（三十一歳）……京都府警遊軍捜査課　巡査長。相澤の部下
長峰純也（四十一歳）……但馬中央署捜査一課、警部。
後藤信明（三十二歳）……但馬中央署捜査一課、巡査長。長峰の部下
桜木康太（二十八歳）……但馬中央署所属、居組駐在所巡査
黒木一平（四十八歳）……ミステリー作家
安西ウメ（七十五歳）……元教師
桐野隆司（八十歳）……但馬中央署所属、居組駐在所元巡査
滝本美雪（四十五歳）……黒木の親せき
黛　誠之介（七十九歳）……小百合の祖父

遊軍捜査課殺人事件簿2

幸福をもたらす舞

鳥取県と兵庫県の県境にある小さな港町の駅近くの公道に置かれた廃車から人骨と思われる白骨が見つかった。発見したのは、通りがかった男性。少し肌寒くなってきた秋口のことだった。

捜査を但馬中央署の長峰と後藤が担当することになり、居組駐在所の桜木巡査が現場で二人を出迎えた。

「お疲れ様です。居組駐在所の桜木です。まだ詳しいことは分かりませんが、検視官の話では死後二十年以上は経過しているのではないかとのことでした。現段階で分かっていることは以上です」

後藤はメモしながら桜木に聞いた。

「捜査本部は整っているのか」

「はい。但馬中央署で十三時から捜査会議が始まるんで、それまでには来て下さいね」

後藤は笑顔で言った。

「ありがとう。そうだ。第一発見者は、どこにいるのかな」

「居組駅で待ってもらっています。それが、作家の黒木一平さんなんですよ」

長峰が桜木に興奮気味に尋ねる。

「ベストセラー作家の黒木一平ですか。でも、どうして居組へ来ていたのでしょうか。何かの取材でしょうか」

桜木は大きく頷いた。

「ええ、そのようですよ。昨日は麒麟獅子（きりんじし）だったので、それを見に来たみたいです」

麒麟獅子とは、この地域と因幡（いなば）地方に伝承されている祭りで、家内安全、五穀（ごこく）

豊穣(ほうじょう)、商売繁盛(しょうばいはんじょう)、無病息災などを祈って伝統の獅子の舞が奉納される。

「ありがとうございました。後藤くん、行きますよ」

長峰と後藤は桜木に挨拶をして、居組駅へ向かった。

居組駅

駅舎内のベンチに、警察官に付き添われて男性が座って待っていた。後藤が声をかける。

「黒木一平さんですね。〝ご当地シリーズ〟拝読しております。面白いですね。毎回どんでん返しの結末にアッと言わされています。おっと、大変失礼しました。我々は、こういう者です」

黒木は警察手帳を見て少し怯えた。

後藤は苦笑しながら言った。

「そんなに怯えないで下さいよ。あなたを疑っているわけではないので。ところで、あなたはいつも現地に行って調べてから執筆しているんですか。それと、今回はどちらにお泊まりですか」

黒木は少し考え込んでから言った。

「そうですね。居組へは何度も来たことがあるんですが、麒麟獅子を見たことがなかったものですから。現地へ行ってみないと分からないことがありますから来ました。親せきが近くにいるので、その家に泊めてもらったんですよ。昨日の午後一時に浜坂駅に到着して、親せきの子どもたちに迎えに来てもらったんです。それから午後七時に大歳(おおとし)神社へ向かいました。親せきの子どもたちと一緒に。それから一時間、神社で獅子舞などを見たり写真を撮ったりしていました。そして昨日は親せきの家に帰りました。家に着いたのは午後八時半頃だったと思います。九時頃から未明まで飲んでいました。親せきに聞いて確認して下さい。名前は滝本大作（たきもとだいさく）です。大作は四人兄妹の次男坊です。私より一歳年下なので四十七歳ですね。大作は漁師をしているんですよ。家は神社から徒歩十分程です」

長峰と後藤は黒木に会釈をしてから居組駅をあとにした。

時刻は午前十一時だった。

後藤が滝本家の呼び鈴を押した。

しばらくすると若い女性が応答した。

「はい、どちら様ですか」

長峰が出てきた女性に警察手帳を呈示した。

「我々はこういう者です。実はですね。居組駅に向かう途中に置かれた車の中から白骨遺体が発見されたんです。それを最初に見つけたのが黒木一平さんだったんです。昨日、こちらに泊まったと聞いたものですから、その事実を確認するために伺いました。失礼ですが、あなたのお名前は」

　女性は遠慮気味に言った。

「私は滝本美雪です。いっくんは、ここに泊まっていました。ここで酒の相手をしてくれていました。いっくんのファンがいてサインもしていました。失礼しました。いっくんというのは黒木さんのことです。私だけ親しみを込めていっくんと呼ばせてもらっているんです。でも兄には怒られるんですけどね。昔から、そう呼んでいたので直らないんですよ。私と黒木さんは三歳違いなんですよ。子どもの頃から気がつけばいつも傍にいてくれるんですよ。彼の前では自然体でいられるんです」

　後藤が美雪に言った。

「彼のことをとても信頼しているんですね。そうですか、ありがとうございます。失礼します」

　長峰と後藤は滝本家をあとにして、その足で二人は捜査本部がある但馬中央署へ向かった。

「お疲れ様です。そろそろ捜査会議が始まるみたいですよ」

出迎えた桜木に長峰は、

「ありがとう。管理官は誰ですか」

と尋ねた。

「緑川さんですよ。但馬中央署の署長です」

長峰は少し間をあけてから言った。

「そうですか」

長峰は緑川に挨拶をした。

「緑川さん、よろしくお願いします」

長峰たちは席に着いた。

「それでは第一回、捜査会議を始める。今、分かっていることを報告してくれるか」

緑川の問いに後藤が答えた。

「はい。第一発見者から話を聞くことができました。名前は黒木一平さんです。職業は作家です。昨日から麒麟獅子の取材で居組に滞在しているようです。〝ご当地シリーズ〟の最新作の舞台を居組にしたみたいです。宿泊先は黒木さんの親せきで名前は滝本大作さんの家です。大作さんの妹の美雪さんから話を聞くことができました。美雪さんによると黒木さんは昨夜、確かに泊まったそうです」

後藤は席に座った。

緑川は後藤に言った。

「ご苦労さん、白骨遺体のことは何も言っていなかったんだね。黒木さんは」

後藤は頷いた。

「ええ。何も言っていませんでしたが、彼はそのことについて何か知っているのかもしれません」

長峰が話を継いだ。

「私も、彼と同意見です。緑川管理官、黒木一平を調べさせて下さい。お願いします」

緑川は大きく頷いた。

「分かった。キミたちは、その線で調べてほしい。何か分かり次第、報告してくれるか」

長峰たちは大きく頷いた。

「分かりました。では、失礼します」

長峰たちは捜査本部をあとにした。桜木にメモを渡して。

「それでは捜査会議を続けよう。白骨遺体のことについて何か分かったことはあるかな」

緑川の問いに桜木が答えた。

「現段階では、鑑識によると亡くなってから二十年以上は経過しているだろうとのことです。鑑識が改めて調べています。誰かに向けたメッセージが車のダッシュボードに入っていたそうです。〝あなたを今でも愛しています。小百合〟となっていたそうです。しかし、身元の手がかりは小百合という名前以外、ありません。身元の特定に全力を注ぎます」

緑川は大きく頷いた。

「よろしく頼むよ。本日の捜査会議は、これで終了する」


長峰と後藤は黒木のことを調べ始めた。

「長峰さん。どうして黒木さんは、あんな場所を散歩していたんでしょうか」

長峰は少し考え込んでから言った。

「私が気になったことは、黒木さんが本当に麒麟獅子を見たのが初めてだったのかということです。もしかすると過去に見たことがあるのかもしれませんよ。白骨遺体の人物は黒木さんと関係の深い人物だった。あの現場へ行ったのは供養するためだった、そういう可能性は考えられませんか」

捜査会議を終えた桜木が長峰たちのいる浜坂港へ報告にやってきた。

桜木に気付いた長峰が声をかけた。

「やあ、キミでしたか。白骨遺体の身元について何か分かりましたか」

桜木は会議メモを見て言った。

「はい、〝小百合〟という女性の可能性が高いですね。小百合という名前は車のダッシュボードにメッセージカードが入っていて、それを見て分かったんです。でも身元につながる手がかりが、それしかないので捜査は難航しています。長峰さんたちも協力してもらえませんか」

長峰は笑顔で答えた。

「そうですね。我々も捜査が行き詰まったところですから。ところで、こちらにお住まいの方で居組で生まれ育った人はいますか。三十年以上、居組で店をやっている所があれば教えてもらいたいのです。そこへ立ち寄っている可能性があるので」

桜木は少し考え込んでから言った。

「そうですね。居組の古い港の近くにある駄菓子屋をしている隠居(いんきょ)さんでしょうかね。名前は黛誠之介さんですね。二十年前に息子さんに黛屋という店を譲って今は悠々自適(ゆうゆうじてき)な隠居生活を送っているみたいですよ。お会いになりますか」

長峰は大きく頷いた。

「そうですね。一度、会ってみましょうか」

桜木は笑顔で言った。

「分かりました。連絡してきますね」

桜木は長峰たちの元から去った。


その頃、京都府警の駿河と平本に会うために遊軍捜査課を作家の赤井一平が訪れた。

「赤井さん、どうしたんですか」

駿河の問いに赤井は周囲を気にしながら言った。

「キミたちは鳥取県と兵庫県の県境にある小さな港町の居組という場所は知ってるかな」

駿河は大きく頷いた。

「ええ、白骨遺体が見つかった場所ですよね。ニュースを観ました。でも、それが何か」

「実は、キミたちに、その事件を調べてほしくてね。どうだろう、引き受けてくれないか」

平本が駿河たちの会話に割って入ってきた。

「駿河さん、引き受けてあげましょうよ」

駿河が苦笑しながら言った。

「引き受けないとは言っていないだろう。分かりました。引き受けますよ。ところで白骨遺体が見つかったのは、居組のどこでしょうか」

赤井は笑いながら言った。

「居組駅近くの所有者不明の土地だよ。第一発見者が黒木一平というベストセラー作家だよ。俺と同じ名前なんだよ」

平本が興奮気味に言った。

「く、黒木一平が第一発見者ですか。早く居組に行きましょう」

駿河は呆れ気味に言った。

「やれやれ、仕事で行くんだよ。遊びじゃないんだから。分かってるよね」

平本はふくれっ面をして答えた。

「分かってますよ。でも、どうして黒木さんは居組駅にいたんでしょうか。誰か知人でもいたんでしょうか」

駿河はその問いには答えず平本に聞いた。

「黒木さんは、どんなジャンルの本を書いているのかな」

平本は得意気に言った。

「ミステリーを書いているんですよ」

駿河は大きく頷いた。

「なるほどね。何かの取材だったとは考えられないか。いずれにしても居組に行ってみないと分からないな。赤井さん、ありがとうございました。我々はこれから居組へ向かいます」


長峰と後藤は桜木の案内で黛屋を訪れた。

「おや、桜木さんか。後ろのあんたたちは誰かな」

ちょうど店主が留守らしく、店番をしていた誠之介に、後藤が警察手帳を見せた。

「我々は、こういう者です。実はですね。昨日居組駅近くの廃車から白骨遺体が発見されましてね。その身元を特定するために周辺の方々に聞いているんですよ。そこでなんですが、〝小百合〟という名前に聞き覚えはありませんか」

誠之介は後藤からその名前を聞くも首を横に振った。

「〝小百合〟という名前に心当たりはないね」

長峰が誠之介に聞いた。

「本当に心当たりありませんか」

誠之介は語気を荒らげて言った。

「知らんよ!!　帰ってくれ」

長峰と後藤は黛屋をあとにした。


長峰と後藤が居組駅へ向かっていると見覚えのある二人の姿に気付いた。

「駿河さんと平本さんじゃないですか、こんな所で何をしているんですか」

駿河も長峰に気付きほっとした表情を見せた。

「長峰さん、お久しぶりです。ここで白骨遺体が発見されたみたいですね。何か分かりましたか」

長峰が駿河に事情を説明した。

「なるほど、白骨遺体の身元はまだ分からないんですね」

長峰も大きく頷いた。

「ええ、そうなんですよ。あなたたちが捜査に協力してもらえると助かります」

平本が言った。

「分かりました。我々も協力しましょう。ところで捜査本部は、どこですか」

後藤が不機嫌そうに言った。

「但馬中央署です。管理官は緑川さんです」

駿河は笑顔で言った。

「ありがとう。あとで挨拶に行きます」

駿河と平本は現場をあとにした。

後藤が長峰にぶっきらぼうに言った。

「我が物顔でよそ者が指示するのは納得できません」

長峰は後藤の肩を叩いて言った。

「そうですね。キミの言っていることも分かります。ですが、彼らは警察官としても、人間としても信用できる人です。圧力や権力に屈しない。そして真実に辿り着く。さあ、行きましょう」

長峰たちも現場をあとにした。


居組小学校の近くで夕焼小焼のメロディーが流れてきた。

駿河と平本は小百合の足取りを調べ始めた。

平本は思い出したように言った。

「そう言えば長峰さんが言っていたんですが、居組にはもともとは因幡地方から伝わった麒麟獅子という伝統芸能があるみたいです。歴史は古く鳥取藩の初代藩主、池田光仲が伝えたことが始まりだそうです。この地方では祭りは朝の七時から夜の七時頃まで行われるみたいです。十九時頃に大歳神社で舞うそうですよ。

でも一軒一軒回るので時間はかかるんですよね。そして何カ所か休憩地点があって獅子舞が終わってからも夜遅くまでドンチャン騒ぎだそうです。それから家に来る順番は最初に獅子舞が来て、その次に榊で、最後は神輿だそうです。地元の子どもたちは獅子舞が好きなようです。最後は榊を海に流すみたいです」

駿河は少し考え込んでいる。

平本は続けて駿河に言った。

「とりあえず捜査本部を訪れてみませんか。何か分かるかもしれませんよ」

駿河は大きく頷いた。

「そうだな。ここにいても手がかりが見つかりそうにもないからな」

駿河と平本は但馬中央署の捜査本部を訪れた。

「あのう、すみません。捜査本部は、こちらでいいんでしょうか」

平本の問いに桜木が答えた。

「そうです。あなた方は？」

「京都から来た遊軍捜査課の平本です。こっちは上司の駿河。捜査を指揮している方にお会いしたいのですが、いいですか」

桜木と平本のやり取りに緑川が割って入った。

「私だが、何か用かな。名前は緑川だ」

緑川の口調に不穏なものを感じた駿河が厳しい口調で切り出した。

「あなた方は白骨遺体を、まさかロクに捜査もしないで片付けようなんて考えていませんよね」

緑川が語気を荒らげて言った。

「部外者のキミたちには関係ないことだ、出ていきなさい」

駿河も一歩も引かなかった。

「我々は、ちゃんと捜査をして下さるのかと申し上げているんです、それとも捜査ができない理由があるんですか」

駿河の一言に捜査本部に緊張感が走った。

緑川は言葉を荒らげて言った。

「そ、そんなのあるわけないだろ。よそ者は黙ってろ!!」

駿河が緑川に言った。

「では、ちゃんと捜査をして下さるんですか、どうなんですか。現場の刑事たちは、分かっているようですよ、どちらの言い分が正しいか」

緑川は語気を荒らげた。

「勝手にしろ!!　どうなっても知らんぞ」

桜木が駿河に恐る恐る尋ねた。

「あ、あの、すごいですね。俺は居組駐在所の桜木です。白骨遺体の死因は、まだ特定されていません。車のダッシュボードに〝あなたを今でも愛しています〟というメッセージが残されていました」

平本が桜木に言った。

「桜木巡査にお願いがあります、ここの鑑識と一緒に白骨遺体の死因特定とメッセージカードの筆跡を調べて下さい」

桜木は大きく頷いた。

「分かりました」

「我々は、あなた方と一緒に事件を解決したいと思っています」

緑川が割って入った。

「部外者のあんたらが捜査の指示をするな」

桜木が言った。

「あなたの指示には従えません。どうぞ、出ていって下さい」

駿河が緑川に詰め寄った。

「どうしますか、まだここにいますか」

現場では拍手が起きていた。

その時、長峰たちが捜査本部に入ってきた。

「やっと見つけましたよ、白骨遺体が誰なのか分からずじまいです」

駿河が大きく頷いた。

「そうですか、我々は黒木さんから話を聞いてみます」

駿河と平本は捜査本部をあとにした。


「俺の考えでは黒木さんが小百合さんの死に関わっているはずだから聞きに行くんだよ」

平本が大きく頷いた。

「そうですね。でも、一体二人はどんな関係なんでしょう」

駿河と平本は大歳神社で黒木一平に会った。

「京都府警遊軍捜査課の駿河と平本です。黒木一平さんですね。白骨遺体を発見された時のことを教えて頂けますか」

黒木は迷惑そうに答えた。

「またですか。私は滝本家へ泊まっていたんですよ。こちらで取材をする時は滝本家を利用させてもらうんですよ。気分転換のために居組駅まで散歩していたんですよ。それで白骨遺体を発見したというわけです。もしかすると私の知り合いかもしれないの、あそこで手を合わせていました」

平本は頷いた。

「なるほど、そうでしたか」

黒木は表情を変えずに答えた。

「すみません、あまりお役に立てずに」

駿河は大きく頷いた。

「いえ気にしないで下さい。ところで、こちらにはよく来られるんですか。居組のことをよく知っているようなので。地元の人でもあまり通らない駅までのルートを散歩コースにしようなんて思わないですよね。だから、どうしてかなと思って。教えて頂けますか」

黒木は答えた。

「ええ、こちらには来たことありますよ、何度もね。もういいですか」

平本が答えた。

「ありがとうございました。とても参考になりました」

黒木が去るのを見届けた平本が駿河に聞いた。

「あの、駿河さん、疑っていますか、黒木さんのことを。なぜ、疑っているのか教えてもらってもいいですか」

駿河が言った。

「彼の散歩コースだよ、まるで、遺体があるのが分かっていたかのようじゃないか」

平本が声のトーンを上げた。

「じゃあ、あそこに遺体があるのを分かっていて手を合わせるために黒木さんは行ったということですか！　散歩というのはこじつけですか？」

駿河が頷いた。

「たぶん、そうだろう」

平本は言った。

「分かりました、もう一度、調べ直しましょう。滝本美雪さんなら何か知っているかもしれません」

駿河は頷いた。

「そうだな」

平本も大きく頷いた。

駿河は声のトーンを下げて言った。

「そうだね、美雪さんに会いに行こう」


捜査の担当は相澤と殿村だった。

駐在所の巡査が二人を出迎えた。

「お疲れ様です。被害者は安西ウメさんです。足を滑らせて頭の打ち所が悪く亡くなったんです。もういいですよね、搬送しても」

巡査が相澤たちに促した。

しかし、相澤は安西の首に小さな点が残されていることを見逃さなかった。

「あの小さな点は、なにかな。盆(ぼん)の窪(くぼ)辺りにある。ところで彼女の死亡推定時刻は？　それに、どうして彼女はこんな所に来たのかしら。分からないことだらけよね。安西さんの出身地は、どこなの？」

巡査はメモを見ながら言った。

「但馬地方の居組で兵庫県と鳥取県の境にある小さな港町ですね。彼女の死亡推定時刻は昨夜の十時から深夜零時頃だそうです」

相澤が呟いた。

「居組か。行ってみましょう」

駿河と平本は滝本家を訪れていた。駿河が警察手帳を呈示した。

「我々は、こういう者です。滝本美雪さんですね。黒木一平さんが、あなたの家に泊まったのは間違いありませんか」

美雪は大きく頷いた。

「はい、間違いありません、確かに泊まっていました」

平本が美雪に聞いた。

「黒木さんは、いつもそうされているんですか？　あなたの家で何をされていたんですか？」

美雪が少し考え込んでから言った。

「そうですね、サインを書いたり、お酒を飲んだり……ですね。あと、私たちと他愛もない話をしていました」

駿河が美雪に話しかけた。

「他愛もない話、ですか、羨ましいですね。ところで黒木さんがあなたの家を出たのは、何時頃ですか?」

「黒木さんが私の家を出たのは昨日の朝の六時頃です。もう、よろしいですか」

駿河は美雪に聞いた。

「では最後に一つだけ。白骨遺体が誰なのか心当たりは、ありませんか」

美雪は表情を変えずに言った。

「いえ、ありません。では、失礼します」

美雪は駿河たちの前から去った。

平本が駿河に聞いた。

「どうして白骨遺体のことについて聞いたんですか。美雪さんが、まるで知ってるみたいな口調だったじゃないですか」

駿河は力強く頷いた。

「ああ、知ってるよ。何かあるのかもしれない、隠さなければならない理由が。ところで黒木さんが作家として有名になるキッカケは何だったんだろう」

平本は力強く答えた。

「もちろん、〝ご当地シリーズ〟ですよ。テーマが地方の伝統芸能なんです」

駿河は大きく頷いた。

「地方の伝統芸能……か。そこに何か秘密が隠されているのかもしれない」


居組駅に相澤と殿村が到着した。

相澤は駿河に電話をかけた。

「居組駅に到着したのよ。迎えに来てくれないかな。話したいことがあるのよ」

「分かった。迎えに行くよ」

しばらくすると駿河と平本が居組駅に着いた。相澤が駿河に近づいた。

「実は、京都の桂川の河川敷で安西ウメという高齢女性が亡くなって、居組の出身だということが分かったのよ。それに他殺の可能性もあるしね。盆の窪に小さな点があったのよ。それが、どうも気になってね」

相澤が平本に聞いた。

「何か、あったの?」

「実は身元不明の白骨遺体が見つかったんですが、死亡推定時期が二十年ほど前なんです。駿河さんは白骨遺体のことを作家の黒木一平さんが知っていると考えているみたいです」

相澤は苦笑しながら言った。

「彼は相変わらずね」

駿河は、二人のやり取りを聞いていた。

「よろしく頼むよ。俺たちは白骨遺体と黒木さんに接点がないか調べてみるよ。相澤くんたちは捜査本部にいるはずの長峰警部に安西ウメさんが京都で亡くなったことを伝えてくれないか」

相澤は力強く言った。

「分かったわ。どこなの捜査本部は」

平本が言った。

「但馬中央署です」

相澤と殿村は駿河たちの元から去った。

捜査本部にいる長峰と後藤に桜木が近づいた。

桜木は長峰に言った。

「判明しました！　白骨遺体は砂村小百合さんでした。それと、死因が特定できました。盆の窪を刺されたことによるショック死です。しかし、メッセージカードですが、小百合さんの筆跡とは一致しなかったそうです」

長峰は少し考え込んでから言った。

「そうですか、一致しなかったですか。ありがとうございました。桜木くんに調べてほしいことがあるんですよ、小百合さんが車を持っていたかどうかです」

桜木は大きく頷いた。

「車を持っていたかですね、分かりました。調べてみます」

捜査本部にやってきた相澤が長峰に近づいた。

「初めまして、長峰警部ですね。私は駿河くんの同期の相澤です。居組出身の安西ウメという高齢女性が京都で亡くなりました」

長峰は大きく頷いた。

「そうですか、居組出身の高齢女性ですか……」

相澤も大きく頷いた。

「ええ、盆の窪を刺されて。こちらの事件のことは駿河くんから聞いています。手伝えることがあれば言って下さいね」

長峰が相澤に言った。

「ありがとうございます」

相澤が長峰に尋ねた。

「あの、長峰さんに伺いたいことがあります。黒木一平さんの小説を読んだことはありますか？」

長峰は腕組みしながら言った。

「ありますよ、〝ご当地シリーズ〟ですよね」

相澤が力強く言った。

「ええ、テーマが地方の伝統芸能だそうです」

長峰が小さく頷いた。

「なるほど、そういうことですか」

長峰は相澤に近づいて言った。

「ありがとうございます」

捜査本部に戻ってきた駿河が長峰に言った。

「黒木さんの小説のモデルを長峰さんたちに探してほしいんです。我々は彼の小説は実体験に基づいて書かれたものだと考えています。そして、黒木さんは小百合さんの死にも深く関わっているだろうと……お願いします」

長峰は駿河に聞いた。

「あの、どういうことでしょうか、黒木さんが小百合さんの死に深く関わっているとは。黒木さんは、居組駅へたまたま散歩に行ったんですよね」

駿河が力強く言った。

「あくまでも推測ですが、彼は明らかにウソをついている、我々に。駅に向かったのは気分転換などではなく供養だったと考えています」

長峰は興奮気味に言った。

「と、ということはですよ、さ、小百合さんと、く、黒木さんは深い関係だったということかもしれないですよね。す、駿河さんはどう思ってらっしゃるんですか、二人の関係を」

長峰の目を見て駿河が言った。

「はい、俺は、小百合さんは黒木さんと交際していたと思っています。そして深い関係にあったのではないかと思っています。小百合さんの想い人は黒木さんかもしれません。麒麟獅子の時だけ会う約束をしていたんでしょう。その度に黒木さんは、ここへ来ていた。廃車があった場所近くに小屋があったので、そこを逢引きの場所にしていたのではないだろうか。そして小百合さんは黒木さんのことを内緒にしていた」

相澤は駿河に尋ねた。

「どうして、小百合さんは黒木さんのことを誰にも言わなかったんだろう。分からないよね。駿河くんは、どう思う？」

駿河は首を振った。

「さあ、俺にも分からないな。ところで黒木さんが作家デビューしたのはいつ頃だろう。平本くん、知ってるか？」

平本は得意気に言った。

「確か、二十一年前だったと思います。どうして黒木さんは居組を訪れたんでしょうか。消したい過去のはずなのに」

駿河は腕組みしながら言った。

「二十一年前か。居組は彼にとって大切な人との思い出の場所だったからじゃないかな。安西さんが京都に行った理由も関係しているかもしれない」

相澤も大きく頷いた。

「そうね。大切な人に会いに行ったということかしら。私たちは京都に戻ってウメさんの足取りを追ってみるわ。桜木くんは三十年前の逢引きの現場を目撃した人がいないか調べてほしいのよ。誰か一人くらいはいるかもしれない」

桜木は大きく頷いた。

「調べてみます」

相澤と殿村は捜査本部をあとにした。

平本が、駿河に聞いた。

「黒木さんが犯人だと思っているんですか。駿河さん」

駿河はキッパリ否定した。

郵便はがき

料金受取人払郵便

差出有効期間
2025年3月
31日まで
（切手不要）

1 6 0-8 7 9 1

1 4 1

東京都新宿区新宿1－10－1

(株)文芸社

愛読者カード係 行

ふりがな お名前		明治 大正 昭和 平成 年生 歳
ふりがな ご住所	□□□-□□□□	性別 男・女
お電話 番号	（書籍ご注文の際に必要です）	ご職業
E-mail		

ご購読雑誌（複数可）	ご購読新聞 新聞

最近読んでおもしろかった本や今後、とりあげてほしいテーマをお教えください。

ご自分の研究成果や経験、お考え等を出版してみたいというお気持ちはありますか。

ある　ない　内容・テーマ（　　　　　　　　）

現在完成した作品をお持ちですか。

ある　ない　ジャンル・原稿量（　　　　　　　　）

書　名			
お買上 書　店	都道　　　　市区 府県　　　　郡	書店名	書店
		ご購入日	年　　月　　日

本書をどこでお知りになりましたか?

1.書店店頭　2.知人にすすめられて　3.インターネット(サイト名　　　　)

4.DMハガキ　5.広告、記事を見て(新聞、雑誌名　　　　)

上の質問に関連して、ご購入の決め手となったのは?

1.タイトル　2.著者　3.内容　4.カバーデザイン　5.帯

その他ご自由にお書きください。

(　　　　)

本書についてのご意見、ご感想をお聞かせください。

①内容について

②カバー、タイトル、帯について

弊社Webサイトからもご意見、ご感想をお寄せいただけます。

ご協力ありがとうございました。

※お寄せいただいたご意見、ご感想は新聞広告等で匿名にて使わせていただくことがあります。

※お客様の個人情報は、小社からの連絡のみに使用します。社外に提供することは一切ありません。

「それはないと思うよ。少なくとも、黒木さんにとって小百合さんは心の支えだったはずだから」

平本が駿河に聞いた。

「小百合さんの死は事故なんでしょうか」

駿河は頷いた。

「そうだろう。俺は黒木さんと小百合さんは無理やり仲を引き裂かれたと思っているよ。黒木さんと小百合さんは、それで満足していたんだ。ところが、加害者は二人の関係に嫉妬して引き裂いたんだ」

平本が駿河に言った。

「もし駿河さんの言う通りなら、あまりにも身勝手で、黒木さんたちにとって理不尽な行為ですよね。私は許せません」

駿河は大きく頷いた。

「そうだな。黛家を訪れてみるよ。キミは美雪さんから話を聞いてきてほしい」

平本は声のトーンを上げた。

「黒木さんが、もしかすると小百合さんの話を美雪さんにしているかもしれないからですか？」

駿河は大きく頷いた。

「そうだ。黒木さんは美雪さんには心を許しているようだから、小百合さんのことも話していたと思うんだ。もしかすると黛家の人間にも話していただろうから」

平本も大きく頷いた。

「分かりました、美雪さんから話を聞いてみます」


平本は滝本家を訪れた。美雪は平本を見て迷惑そうな顔をした。

「また、あなたですか。今度は何の用ですか」

平本は苦笑しながら言った。

「すみませんね、何度も。ところで、黒木さんから砂村小百合さんという女性の話を聞いたことありませんか？　いかがでしょうか」

美雪が語気を荒らげた。

「また、その話ですか、知らないって言ったじゃない」

平本はウソをついた。

「小百合さんの死に、あなたが関わっていると上司が疑っているんですよ、黒木さんを自分のものにするために、あなたが殺したと」

美雪は激しく動揺しながら言った。

「バ、バカなこと言わないでよ、あ、頭がおかしいんじゃないの？　は、話がそれだけなら帰ってよ。もう二度と来ないで」

美雪は平本を追い返した。


その頃、駿河は居組の古い港の近くにある黛屋を訪れていた。

隠居の誠之介が駿河に対応した。

「あんた、刑事か。何の用だ。帰れ‼」

駿河が小さな声で言った。

「重要な話が、あります。中に入らせてもらえませんか。お孫さんのことで」

誠之介は少したためらう様子を見せたが、すぐに駿河を中へ招き入れた。

「孫に関しての重要な話とは何かな」

駿河が答えた。

「実はですね、居組駅近くで発見された白骨遺体はお孫さんの小百合さんでした。彼女から、黒木一平さんという男性のことを聞いたことありませんか」

誠之介は語気を荒らげた。

「小百合が死んだ⁉　そんな男のことなど知らんよ」

駿河はウソをついた。

「私の部下が疑ってるんですよ、小百合さんの死にあなたが関わっているのではないかと」

「バカげてるよ。なんで大切な孫の死と私が……部下の教育をやり直したほうがいいね」

駿河が苦笑しながら誠之介に言った。

「そうですね、やり直します」

誠之介が大きく頷いた。

「その方がいいよ。いつか、とんでもないミスをしでかすかもしれないからね。話がそれだけなら失礼させてもらうよ」

去ろうとした誠之介を駿河が呼び止めた。

「最後に一つだけ、いいですか。小百合さんから安西ウメさんという女性のことを聞いたことありませんか」

誠之介が答えた。

「知っているよ。世話になった人だと言っていたな。祭りの時に助けてもらったって」

駿河が声のトーンを上げた。

「小百合さんは安西さんのことを、世話になった人だと言ったんですね。それも祭りの時に」

誠之介は頷いた。

「言ったよ。もういいだろう」

駿河は誠之介の元から去っていった。


京都に戻った相澤と殿村は安西ウメの足取りを追うことにした。

殿村は相澤に尋ねた。

「どうして安西さんは京都へ来たんでしょうか。これまで聞き込みをした限りでは、つながりはなさそうですが、何か目的があったということですよね？」

相澤は少し考え込んでから言った。

「そうね、知り合いがいて、その人に会いに来たのかもしれないわね。足取りを追ってみましょう」

殿村も大きく頷いた。

「そうですね、調べてみましょう」

殿村が聞いた。

「仮に京都に知り合いがいたとして、どうして周りに隠していたんでしょうか」

相澤は少し考え込んだ。

「そうね、事情があったとしか考えられないけど、ウメさんにとって、とても大切な人だったから周囲には言えなかった、隠さなければならなかったとしたら、どうだろう。例えばだけど、ウメさんが京都で子どもを産んでいて、どこかに預けたのだとしたら、その人に会いに来た可能性もある。産婦人科を当たってみましょう」

殿村は大きく頷いた。

「古くからやっている産婦人科を調べてみます」

相澤も大きく頷いた。

「お願いするわ。三十年以上前から経営している産婦人科医なら何か知っているかもしれないわね」

駿河と平本は大歳神社で落ち合い、情報を共有することにした。

大歳神社

あとから境内に来た駿河に平本が聞いた。
「黛さんは黒木さんのことを知っていましたか？」
駿河は首を横に振った。
「いや、知らないと呆(とぼ)けられたよ。キミの方は、どうだったのかな。美雪さんは、何と言っていたんだ？」

平本は大きく頷いた。

「私も、呆けられましたよ。捜査本部に戻りましょう」

駿河と平本は居組駅へ向かった。

「そもそも、どうして黒木さんは麒麟獅子をモチーフにして書こうと思ったのかな」

駿河の疑問に平本は首を横に振った。

「さあ、分かりませんね。もしかすると小百合さんの死に疑いを持っているからじゃないですか」

駿河も大きく頷いた。

「その可能性は、あるだろうな。今回の取材を基に書き上げる作品が小百合さんへの手向けだったとしたら、どうかな」

平本も大きく頷いた。

「なるほど、そう考えれば黒木さんの不可解な行動も説明がつきますね、黒木さんにとって小百合さんは大きな存在だったということですね」

駿河が平本に言った。

「キミは、このまま捜査本部に戻って長峰さんたちに報告してくれないか、俺は少し調べたいことがあるんだ。黒木さんがどうして、麒麟獅子をモチーフに書こうと思ったのかが気になるんだよ。調べたらすぐに戻るよ」

平本は大きく頷いた。

「私も黒木さんのことで気になっていることがあるんですよ。どうして小百合さんとの関係をひた隠しにしていたのかです。それと、作家になったキッカケも調べてみます。いいですか?」

駿河が冗談交じりに言った。

「キミも仕事が好きだね、誰に似たのかな」

平本も冗談交じりに答えた。

「仕事熱心な上司に似たんだと思ってます。行きますね」

長峰と後藤が捜査本部に戻ってきた。

「駿河さんたちは、まだのようですね」

後藤は答えた。

「そうですね、待ちましょう」

長峰たちを鑑識係が訪ねてきた。

「長峰警部、奇妙なことが。榊が、祭りが始まる前に大歳神社で数えたら二十本でしたが、神輿が来る前に数えたら一本なくなっていたそうです。無造作に置かれていますから誰もさほど、気にしてなかったようですが」

長峰が大きく頷いた。

「なるほど、凶器は榊でしたか、持ち出したのが誰かは分からないですよね。きっと祭りに集中していたでしょうから」

鑑識は答えた。

「そうなんですよ。みんな祭りに夢中で誰も気付かなかったみたいですね」

長峰が口を開いた。

「なるほど、榊は祭りが終わったら海に流すんですよね。それに〝麒麟〟は幸福をもたらすといわれている霊獣です。もしかすると黒木さんがこの地を何度も訪れたのは小百合さん以外にも何か目的があったのかもしれませんね。我々は、それを調べてみます。ありがとうございました」

平本が長峰に言った。

「我々も、黒木さんの不可解な行動が気になったので調べてみました。小百合さんとの想い出がたくさん詰まっていたからじゃないでしょうか」

駿河は平本の言葉を継いだ。

「そして黒木さんは小百合さんの死に疑問を抱いています。美雪さんと黛家の人間が関係しているのではないかと」

桜木が駿河と平本の前に現れた。

駿河が桜木に尋ねた。

「どうしたんだ、何かあったのか？」

桜木は呼吸を整えてから言った。

「そ、それが、滝本美雪さんが出頭してきたんですよ。〝小百合を殺したのは自分だ〟と言って。駿河さん、美雪さんがあなたを信用してたから、あなたを呼び出したんです」

駿河は少し考え込んでから言った。

「恐らく、何か彼女の中で心境の変化があったんだろう。ありがとう、俺たちで対応するよ。平本くん、行くよ」

駿河と平本は美雪のいる取調室を訪れた。

「失礼します、本当にあなたが殺したのですか？　小百合さんを。どうして小百合さんを殺したのか教えて頂けますか。お願いします」

ここで駿河は一呼吸置いた。

美雪は呼吸を整えてから答えた。

「私も、黒木さんのことが好きでした、子どもの頃からずっと。私の初恋です。それなのに、あの人は、私の気持ちを知っていて黒木さんを横取りしたんです」

駿河は美雪に尋ねた。

「それが理由で、小百合さんを殺したと言うのですか。では、なぜ我々が訪れた時、その話をしてくれなかったんですか。〝知らない〟となぜウソをついたのですか」

美雪は少し考え込んだ。

「申し訳ありませんでした」

平本が美雪に聞いた。

「私からも質問、いいですか？ 小百合さんのことをどう思っているか、黒木さんに聞いたことありますか？」

美雪は大きく頷いた。

「ええ。でも、はぐらかされました。ご迷惑をおかけして申し訳ありませんでした」


別室に移動した駿河は深呼吸をしてから平本に言った。

「今の美雪さんの話を聞いてどう思ったのか率直に聞かせてくれないか」

平本は少し考え込んでから言った。

「そうですね。美雪さんの話は信用できないですね。こじつけのような気がします。駿河さんはどう思いますか」

駿河は大きく頷いた。

「そうだな。俺もキミと同意見だ。もしかしたら美雪さん、小百合さんに対して妬みがあって、横取りされたと思ったのかもしれない」

平本も大きく頷いた。

「もし駿河さんの言う通りだとしたら、美雪さんはとても思い込みの激しい人物ということですよね、それが理由なら小百合さんもたまったものではないですね」

駿河は小さく笑いながら言った。

「あくまでも可能性の話だよ。俺だって、そんなことは考えたくないよ。でも、小百合さんは美雪さんと会って何かを話したことは間違いないだろうな。黒木さんなら何か知っているかもしれない。それが何なのか、黒木さんに会って確認してみよう」

駿河の元に桜木が訪れた。

「お話し中、失礼します。黒木さんが出頭してきました。〝砂村小百合さんを殺したのは自分だ〟と言って。来て下さい」

駿河は平本に言った。

「黒木さんが〝小百合さんを殺したのは自分だ〟と言って出頭してきたみたいだ。話を聞いてみる価値はありそうだな。行こう」

駿河と平本は黒木のいる取調室へ向かった。

駿河はノックをしてから取調室の中に入った。

そこには長峰と後藤がいた。

黒木が駿河たちに小さく笑いながら言った。

「キミたちを待っていたんだよ。私が小百合を殺した」

駿河が黒木に質問した。

「黒木さん、どうして今頃になって出頭しようと思ったんですか。小百合さんを殺したというなら、その方法を教えて下さい」

黒木は口ごもった。目も泳ぎ始めた。

「そ、それは罪の意識が芽生え始めたからだよ。小百合には申し訳ないことをしたよ」

平本は怒りを抑えながら言った。

「まるで他人事ですね。先ほどの質問と重複しますが、あなたが犯人だというなら教えて下さい、どうやって殺したのかを。そして、どうして殺さなければならなかったのかを」

黒木は芝居がかった口調で言った。

「小百合が私を裏切って他に男を作ったからだ。それが許せなかったんだよ。だから殺した。最愛の人の裏切り行為は許せなかった。当然だろ。小百合の首を絞めて殺したよ。あいつは抵抗しなかったよ」

駿河は首を横に振った。

「違いますよ。彼女は盆の窪を刺されて亡くなっていたんですから。あなたは小百合さんを殺した本当の犯人を知っていますよね。その犯人を、あなたは庇っている。違いますか。黒木さん、我々は小百合さんの死を明らかにしなければなりません。それは安西ウメさんの死も明らかにすることになります。どうか協力してもらえませんか」

黒木は大きく溜息をついた。

「やっぱり無理だったか。そう、キミの言うように私は小百合とウメさんがどうして亡くなったのか知っている。キミも知っている人物だよ。私の助手を一時期していた人物さ。名前は水原和臣だったと思う。今は赤井一平と名乗っているかもしれない」

駿河と平本は顔を見合わせた。

平本が興奮気味に黒木へ聞いた。

「赤井さんが、あなたの助手をしていたんですか？　それは、いつ頃ですか」

黒木は少し考え込んでから言った。

「小百合が亡くなる直前までいたよ。十月の六日までだったと思う。〝ミステリー作家になりたいから助手をさせてくれ〟って、言ってきたんだよ。私も作家としてデビューしてすぐで、お金もなかったから、一度は断ったんだよ。でも彼は諦めずに私を訪ねてきたんだ。私は根負けして彼を雇うことにしたんだ。家事全般は小百合がしていたから、それ以外を彼に頼んだんだよ。私は彼のことを気に入っていたが、小百合は毛嫌いしていたな。水原さんは、金にルーズで、ギャンブルや女性にお金を使っていたらしい。給料だけでは足りなくなったんだろうね。とうとう金庫に入っているお金に手を出した。ある時、何も告げずに彼は私の元からいなくなった。それに、小百合から聞いたんだけど、彼は小百合にしつこく言い寄っていたみたいだ。丁重に小百合は断ったそうだが、それでも彼は諦めなかった。それが、水原さんがいなくなる二日前のことだ。私が知っているのは、ここまでだ。迷惑をかけてしまったな。私が出頭したのは小百合を見殺しにしてしまった罪を償うためだよ。綺麗事にしか聞こえないか」

駿河は黒木に小さく笑いながら言った。

「そんなことありません。あなたは充分苦しんできたでしょう。そして罪を償っていると俺は思います。あとは我々が引き受けます。最後に一つだけ。黒木さんはなぜ、居組を舞台に小説を書こうと思ったのですか。教えてもらってもいいですか」

黒木は即答した。

「なんだ、そんなことか。私は、居組が好きなんだよ。子どもの頃からよく親に連れられて来ていたから。夏休みには真っ黒になるまで海でよく遊んだものだ。居組の旧港の先にある海水浴場でバーベキューもしたよ。そしてサンビーチの近くで親せきの子どもたちと一緒に花火もした。今となってはいい思い出だ」

捜査本部に戻る道中、駿河は平本に言った。

「これで、ハッキリした。黒木さんは小百合さんの復讐を考えているんだ。犯人を自分で突き止めようとしている、最愛の人を死に追いやった人物をね。去り際に黒木さんが居組の話を饒舌にしたのは、俺たちに自分の復讐心を悟らせないためだよ。何としても愚かな行為だけは止めなければ」

駿河と平本は捜査本部に着くと事情を長峰に話した。

「なるほど、分かりました。それから小百合さんの白骨遺体を改めて調べてみたら舌骨が折れていることが分かりました。危うく本当の死因を見逃すところでした」

長峰の話に駿河は大きく頷いた。

「そうですね」

相澤たちが捜査本部に戻ってきた。

メモを見ながら相澤は駿河に言った。

「遅くなってごめんなさい。安西さんは京都で介護施設を探していたらしいのよ、物忘れをするようになってきたから心配だと言っていたそうよ。出産したのかと思って産婦人科を調べたんだけど、そっちは収穫なかった。ねえ駿河くん。こうは、考えられないかな、安西さんの死は事故だったんじゃないかな。安西さんは足を滑らせて亡くなったのかもしれないと、私はそう思っている。私たちが勝手に事件と思ってしまった。考えすぎかしら。どう思う?　安西さんの古くからの友人が居組にいるから、会って詳しい話を聞いてみるわ」

駿河は即答した。

「そのことに関してはキミたちに任せる。よろしく頼むよ」

相澤は大きく頷いた。

「任せてよ、何か分かったら連絡するわ」

相澤たちは捜査本部をあとにした。

今度は駿河が黙り込んだ。

平本が駿河の顔を覗き込む。

「どうかしたんですか？　急に黙り込んで」

駿河は平本の目を見ながら言った。

「平本くん、俺は大きな勘違いをしていたのかもしれない。小百合さんは事故死だったとは考えられないか。もう一度現場に行ってみよう」

平本は大きく頷いた。

「もう一度小百合さんの死について調べ直すということですよね。どうして調べ直そうと思ったんですか」

駿河は深呼吸をしてから言った。

「ハンドル操作を誤ったか、あるいはブレーキとアクセルを踏み間違えたか……。小百合さんの遺体が発見された場所は崖崩れがあったらしい。もともとほとんど人通りがなく木も生い茂っていたから遺体の発見が遅れてしまったのかもしれないな」

そして大きく頷くと、こう続けた。

「長峰さんたちにお願いがあります。小百合さんが車を持っていたかどうかを調べてもらえませんか。俺たちは居組へ向かいます」

長峰たちは小さく頷いた。

「分かりました」

駿河と平本は捜査本部を出た。

駿河は平本に言った。

「でも、どうして黒木さんは小百合さんの供養をしようと思ったのかな、そこが分からないんだよね。どう思う、キミは」

平本は少し考え込んだ。

「そうですね、私が黒木さんの立場なら罪滅ぼしのために供養しに来たと思いますね。あるいは以前、駿河さんが言っていたように、小百合さんの死に第三者が関わっていると思っているかですね」

駿河はキッパリと否定した。

「俺も、最初は復讐するために戻ってきたと思ったんだよ。でもそれは間違いだった。本当は償いの意味で小説の取材と称して、あの地を訪れたのかもしれないな。考えすぎかな」

平本は大きく頷いた。

「あり得ますね。そうだとしたら黒木さんと小百合さんは本気で愛し合っていた。でも、黒木さんの立場を考えて周囲には秘密にしていたということですよね」

駿河も大きく頷いた。

「それは大いにあり得るな。いずれにしても黒木さんの行動は不可解なことが多い。まるで俺たちに逮捕されることを望んでいるようだ。見殺しにしたことを悔やんでいるのかもな」

平本も小さく頷いた。

「小百合さんのことを見殺しにしたことで責任を感じていて、そのことで私たちに逮捕されることを望んでいるなんてバカげてますよ。それで罪滅ぼしのつもりで小説を書き始めるなんて、ありがた迷惑ですよ」

駿河も小さく頷いた。

「そうかもしれないが、俺には彼の気持ちがよく分かる」

相澤が駿河に声をかけた。

「やっぱり、ここにいたのね。ねえ、あなたたちも居組の現場をもう一度、見に行くんでしょ、私たちも一緒に行っていいかな」

苦笑いを浮かべながら駿河は言った。

「何を言っているんだ、キミは。安西さんの知り合いに会う約束をしていたんじゃないのか。それは、どうなったんだ。まさか、先方から断りの電話があったのか？　だからついてこようと思ったんだな」

頭を掻きながら相澤は言った。

「そうなのよ。突然電話が入ってね。私たちも途方に暮れていたところなのよ。理由を聞いたけど教えてもらえなかった」

駿河が相澤に聞き返した。

「その人の家は、どこなの？　行ってみよう」

相澤がメモを見ながら言った。

「新港の近くで青果店を営んでいる西川（にしかわ）千明（ちあき）さん。安西さんとは小学生の頃からの知り合いだそうよ。だから七十年近い付き合いということね。行ってみましょうか」

駿河は力強く相澤に言った。

「そうだな、行ってみよう。安西さんがなぜ介護施設への入所を考えていたのか分かるかもしれないからね。でも、どうして安西さんは介護施設を京都で探していたのかな。おかしいだろ。介護施設に入所となったらお金はかかるし保証人も必要になってくるからね。それなら訪問介護にしてヘルパーさんに来てもらい、お世話してもらうほうが気持ち的にもラクなはずなんだけどな。介護施設の入所はウソで、本当は誰かを捜しに行ったのかもしれないな。とにかく聞いてみよう」

相澤は腕組みしながら言った。

「私も、それは疑問に思っていたのよ、身寄りもない京都で介護施設を探していたのはおかしいと。私がもう一つ疑問に思っているのが、安西さんの物忘れのキッカケよ。何か事故に巻き込まれたのかな。どう思う？」

駿河も腕組みしながら言った。

「俺も、それを考えていたんだよ、原因は何かな」

相澤は首を横に振った。

「私には分からないな、でも事故が原因で物忘れが発症したのかもしれないね」

相澤の問いに駿河は言った。

「俺はこう思う、京都に安西さんが行ったのは最愛の人に会うためだったのではないかと。そして介護施設にその人がいたのかもしれないと」

相澤は大きく頷いた。

「確かに、そうかもね。ねえ、駿河くん、あなたは今回のことをどうするつもりなの？　もう、この辺でいいんじゃないかな。遺された人が可哀想よ」

駿河は小さく笑いながら言った。

「俺は事件の真相をムリに明らかにしようとは思っていない。突然、最愛の人がいなくなることがどれだけ辛いか痛いほど分かるから。ただ彼女たちの身に何があったか知りたいだけだ」

平本は小さく笑いながら言った。

「私たちは、真実が知りたいだけです」

駿河も小さく笑みを浮かべて言った。

「悪いな。そういうことだ」

相澤は呆れた表情をした。

「やれやれ、あなたたちに何を言ってもムダのようね」

駿河たちが駐在所を出たところで携帯電話が鳴った。桜木だった。

「駿河さん、滝本美雪が再び但馬中央署を訪れました。〝砂村小百合さんのことについて遊軍捜査課の方々に話したいことがある〟とだけ言って、他には何も話そうとしないんです。とにかく但馬中央署に戻ってきて下さい」

駿河たちは顔を見合わせた。

「そういうことだ。相澤くん、すまない」

駿河たちは取調室に入った。

取調室では長峰たちが美雪と対峙していた。

長峰が言った。

「我々は捜査本部で待っています」

平本が長峰に頭を下げた。

「助かります。何かあれば呼びます」

長峰は照れ笑いを浮かべながら立ち去った。

美雪は駿河と平本の顔を見るなり話し始めた。

「小百合を殺したのは私です。だから自首したんです」

駿河が美雪に尋ねた。

「殺した……とはどういう意味でしょうか。それに殺したというなら、どうやって殺したのか教えて頂けますか」

美雪はしどろもどろになりながらも答えた。

「そ、それは、首を絞めて殺しました。申し訳ありませんでした」

平本は頭を抱えながら言った。

「誰かを、あなたが庇っていることは明らかです。その人を守るために自首したんですね。あなたは誰を庇っているんですか」

美雪は動揺しながらも答えた。

「だ、誰も庇っていません。私が犯人なんです」

駿河は落ち着き払った様子で言った。

「美雪さん、我々は小百合さんの事故の真相を知りたいんです。そしてあなたが、その理由を知っていると思っています。殺したというのは見殺しにしたという意味でしょうか。そして、その罪滅ぼしとして、我々に逮捕されることを望んでいる、そうですよね。あなたの知っていることを我々に話して頂けませんか。お願いします」

美雪は言葉を詰まらせながら言った。

「あなたの言う通り、私は小百合のことを見殺しにしました。その罪を償わなければいけないんです。だから逮捕して下さい」

　駿河は美雪に言った。

「美雪さん、あなたの気持ちはよく分かります。ですが我々は罪を犯していない人を逮捕することはできないんです。あなたや黒木さんは充分苦しんできたはずです。重い十字架を、もう下ろしてもいいのではないでしょうか。ところで、黒木さんにとって小百合さんは、どんな存在だったのでしょうか」

　美雪が声を震わせて言った。

「私から見ても黒木さんと小百合は、お似合いの二人だったわ。小百合が亡くなってからの黒木さんは心に穴があいたような生活を送っていました。私が提案したんです。〝小百合と黒木さんの過ごした幸せだった日々を小説で書いてみては〟と。すると黒木さんは、居組へ来たんですよ。そして取材を始めた。活き活きしている黒木さんを見て私はとても嬉しかった。それと同時に亡くなってもなお、ここまで想ってもらって小百合がうらやましいと思ったんです。私も協力を惜しみませんでした。私は黒木さんと小百合のことを誇りに思っています。ご迷惑をおかけしました。これで全てです」

美雪が声を詰まらせると、駿河が続けた。

「あなたと黒木さんは、とても苦しんだはずです、もう自由になって下さい。最後に一つだけ、教えて頂けませんか、小百合さんと黒木さんが使用していた小屋の所有者は誰なんでしょうか。黒木さんたちがなぜ自由に出入りできたのか不思議だったんですよ」

美雪は小さく笑いながら言った。

「ああ、そのことですか。あの小屋は所有者が分からなくて鍵がかかっていないことが多かったんです」

平本が捜査本部にいた長峰を呼びに行った。

駿河は、口元に笑みを浮かべた美雪を見逃さなかった。

長峰が美雪を迎えに来た。

駿河は平本に声をかけた。

「なあ、美雪さんは小百合さんのことを本当はどう思っていたんだろうな。いわば恋敵みたいなものだろ？　小百合さんがいなければ、黒木さんは美雪さんだけのものになる。小百合さんと美雪さんの間に何かなかったのか調べ直そう」

平本は駿河に言った。

「駿河さんは美雪さんを疑っているんですか。美雪さんが黒木さんを自分のものにするために小百合さんを殺したって言うんですか？」

捜査本部に戻った相澤が駿河と平本の話に割り込んできた。

「私も平本さんと同意見よ。今回ばかりは駿河くんの考えすぎだと思うよ」

駿河は小さく笑いながら言った。

「そう……かもしれないな。でも気になるんだよ。キミだったら、どうかな。平本くん」

平本が呆れた表情で言った。

「分かりましたよ。調べてみましょう。それで駿河さんの気が済むなら、とことん調べましょう」

駿河は深々と頭を下げた。

「ありがとう。ところで相澤くん、何か分かったか。安西ウメさんのことについて」

「そうだった、そのことを話すために戻ってきたんだった。安西ウメさんがどうして京都に行ったのかも分かったよ。京都の介護施設に安西さんの好きな人がいたのよ。名前は桐野隆司（きりのたかし）さんよ。居組駐在所に四十年間勤務していて三年前に退職したそうよ。私たちが西川さんから聞けたのは、それだけよ」

駿河も大きく頷きながら言った。

「なるほどね、安西さんはわざわざ京都まで最愛の人に会いに行ったのに、もしも自分のことを覚えていなかったとしたら、ショックだっただろうな。そのことが彼女の死と関係していたとしても不思議じゃないだろ。相澤くんたちは、もう一度京都に戻ってほしい。そして介護施設に行って詳しいことを聞いてきてほしい」

相澤も大きく頷いた。

「分かったわ、桐野さんが入所しているのは〝かたぎはらの家〟という施設よ。何か分かったら連絡するわ。じゃあ、これで失礼するわ」

相澤たちは捜査本部を去った。

駿河は平本に聞いた。

「なあ、美雪さんは小百合さんと黒木さんのことを、どんな風に見ていたのかな。どう思う、キミは？　そもそも、どこで小百合さんと黒木さんは知り合ったのかな。黒木さんが麒麟獅子にこだわる理由も分からないんだよな。もし黒木さんが全てを知っていて、小百合さんを死に追いやった人物に復讐しようと思っているのだとしたら、どうだろう。小百合さんの事故も仕組まれたものだったとしたら、事件として再捜査をしなければならない。もう一度、事件現場へ行ってみよう。何か分かるかもしれないな」

平本が興奮気味に言った。

「じゃあ、駿河さんが前に言ったように、美雪さんが小百合さんを殺したっていうんですか」

駿河は大きく頷いた。

「恐らく、そういうことだろう。でも、俺が話したことは推測と想像の域を出ないから、言い逃れをされたら終わりだ」

平本は小さく頷いた。

「分かりました。行きましょう」

駿河と平本は捜査本部をあとにした。

「本当に美雪さんが殺したと思っているんですか、駿河さん」

駿河は少し考え込んでから言った。

「そうだな。思っているよ。だって、小百合さんが亡くなれば黒木さんは自分のものになるんだよ。小百合さんにいなくなってほしいと思ってもおかしくないだろ。美雪さんは、そういう人物だよ」

平本は反論した。

「そんなことで小百合さんを殺しますかね。そんなことすれば自分が疑われるでしょ」

駿河が平本に話しかけた。

「それも、計算の内だったとしたら、どうだろう」

平本は興奮気味に言った。

「そ、それが本当だとしたら、美雪さんは独占欲の塊ということですよね」

駿河は、キッパリと言った。

「そうだよ、美雪さんは独占欲の塊なんだよ。目的のためには何でもするような人物だ」

平本は恐怖で声を震わせた。

「も、目的のためなら、し、親友も平気で殺すっていうことですよね」

駿河は大きく頷いた。

「そうだ。滝本美雪の過去について、調べてみよう」

平本も大きく頷いた。

「そうですね」

駿河は平本に言った。

「まずは、美雪さんと小百合さんの接点から調べてみよう。そうすると黒木さんと小百合さんのことを美雪さんがいつ知ったか分かるかもしれないな」

駿河と平本は近隣住民に聞き込みを開始した。

「我々は、こういう者です。滝本美雪さんのことについて、伺いたいことがありまして。美雪さんと小百合さんの間にトラブルがあったという話を聞いたことはありませんか」

駿河たちが諦めて帰ろうとした時、黒木が近寄り話しかけた。

「思った以上に捜査は難航しているようだね。ところでキミたちは本気で美雪が小百合を殺したと思っているのかな」

駿河は力強く言った。

「はい、思っています。あなたを自分のものにするために殺したと。そして、そのことにあなたが気付いていることも」

黒木が大声で笑った。

「ほう、これは愉快だな。キミたちみたいな賢い人たちが、そんな妄想に取りつかれているとは思わなかったよ。キミたちが、どうして美雪を疑っているのかは知らないが、的外れもいいところだ。あとで恥をかかないようにね」

黒木は去っていった。

駿河に平本が恐る恐る聞いた。

「駿河さんに聞きたいことがあります、どうして美雪さんを疑っているんですか。

その根拠は、何でしょうか。小百合さんから黒木さんを奪うためだけですか」

駿河が平本に聞き直した。

「それは、どういう意味かな。キミは、美雪さんが犯人じゃないと思っているのか」

平本は否定した。

「そうじゃないですけど、何だか駿河さんが珍しくムキになっているような気がして」

穏やかな表情になった駿河が言った。

「確かにムキになっているのかもしれない。少し冷静になろう」

平本が駿河に遠慮気味に言った。

「限りなく可能性は低いかもしれませんが、麒麟獅子の休憩所ということは考えられませんか。休憩所での酒の席で大人たちが話しているのを美雪さんが聞いていたんだとしたら……」

駿河は大きく頷いた。

「なるほど。その可能性は、あるだろうな。たまたまその話を聞いた美雪さんは、嫉妬の炎に狂って小百合さんを殺す計画を立てたんだろう。そして、それを実行に移した。小百合さんと黒木さんが使っていた小屋は所有者不明だから、簡単に入れただろうからね。そして、黒木さんたちにも怪しまれずにすんだ」

平本も力強く答えた。

「なるほど、その可能性も考えられますね。私は美雪さんが黒木さんと小百合さんが付き合っていることをどこで知ったのか調べてみます」

駿河は小声で言った。

「ありがとう。平本くん」

駿河は黛家へ向かうことにした。そんな駿河を誠之介が応対した。

そこには黒木もいた。

駿河が口火を切った。

「これからお話しすることは推測です。砂村小百合さんを殺したのは、滝本美雪さんだと思っています。そして、黒木さんが小百合さんの復讐を決意していることも」

黒木は一笑に付した。

「まだ、そんなバカなことを考えているのか。私が誰に復讐しようと考えているのか教えてほしいものだな」

駿河が言った。

「分からないんですか？　もちろん美雪さんですよ」

黒木は鼻で笑った。

「私なんかより想像力が豊かなようだ。話がそれだけなら帰ってくれ。キミの妄想を聞いている時間はない。忙しいんだ」

駿河が黒木の前に立ち塞がった。

「私は妄想ではなく事実だと考えています。今は、まだ物証はありませんが、必ず見つけて、美雪さんを逮捕します。あなたの復讐計画も阻止してみせます。これで失礼します」

駿河は黛家をあとにした。

捜査本部に戻る道すがら携帯電話が鳴った。

「もしもし、相澤よ。かたぎはらの家に行って分かったことがあるの。実は……」

駿河は大きく頷いた。

「なるほど、ありがとう」

数日後、意外な人物が捜査本部に出頭してきた。

その人物を駿河が出迎えた。

「お待ちしていました。黒木さんに揺さぶりをかければ、あなたが何らかの行動をすると思っていました。黛誠之介さん。全て話してくれますね」

駿河は取調室へ案内した。

誠之介が重い口を開いた。

「いつから私が怪しいと思っていたんだね」

駿河がキッパリと言った。

「あなたに疑いを向けるキッカケは、私が以前あなたの家に行った時です。〝部下があなたを疑っている〟と話した時に、あなたはムキになった。だから、それを確かめるために私はあなたの元を数日前に訪れて偽りの推理を言ったんです。どういう反応をするのか見たかったので。すみません、つまらない真似をして。ところで、いつ、あなたは知ったんですか、小百合さんの死は事件ではなく事故の可能性があると」

誠之介は答えた。

「我が家が祭りの休憩所になっていて、その時に聞いたんだよ、黒木さんと小百合が付き合っていることを」

駿河は首を横に振った。

「それは、あり得ないですね、黒木さんと小百合さんは、お互いのことを考え周囲には交際していることを隠していたはずですから。逢引きをする時も周りに細心の注意を払っていたと思うのでごくわずかな可能性ですが、あなたが黒木さんと小百合さんの逢引き現場を目撃したのではありませんか。違いますか？」

誠之介が駿河をじっと見ながら言った。

「キミのことを甘く見ていたようだ、駿河くん。キミの言うように私は偶然、目撃してしまったんだ、黒木さんと小百合の逢引き現場をね。信じられなかったよ」

駿河が促した。

「それから、どうしたんですか？」

誠之介が答えた。

「私は二人に確かめようと思ったが、できなかったんだ。きっと怖かったんだと思う。そのことを聞けば黒木さんと小百合は別れてしまうような気がして。二人の意思を尊重したという感じかな。本当に、二人はお似合いだったんだ。そして いずれ、結婚するものだと思っていたんだ。あの悲劇が起きなければね」

駿河が誠之介に聞いた。

「祭りの当日、小百合さんに変わった様子はなかったですか」

誠之介は少し考え込んでから答えた。

「特に変わったところはなかったな。いつもと同じようにニコニコしていたよ。まあ強いて言うなら、少しソワソワしていたような気もするな、今思えば好きな人と会うから仕方がなかったのかもしれないな。キミには迷惑をかけたね。そして、私は大切な孫が苦しんでいたのに見て見ぬフリをしてしまった。大きな罪を犯してしまった。キミに捕まえてほしかったから……いや違うな。誰かに話を聞いてもらい楽になりたかったからここへ来たのかもしれない」

駿河は優しい目を向けて言った。

「誠之介さん、あなたも苦しんだはずです。ありがとうございました、最後に一つだけ、いいですか。あなたは小百合さんの死を、どう思っていますか？」

誠之介が怪訝そうな顔をした。

「どうとは？　言っている意味が分からないが、小百合の死は事故だと聞いているが、違うのかな」

駿河は芝居がかった口調で言った。

「そうでした。私としたことが忘れていました。でも一度は、こう考えたことはありませんか。〝小百合は、もしかしたら誰かに殺されたのかもしれない〟と。どうですか？」

誠之介は呆れた表情をした。

「キミが何を疑っているのか知らんが、変なことを言うのはやめてくれ。この地に人殺しはいないよ」

駿河が大きく頷いた。

「なるほど、失礼しました」

誠之介が芝居がかった声で言った。

「変な勘繰りはやめてくれないか、駿河くん。ワシにとって孫はとても可愛い存在だったんだから、そりゃ、ケンカもよくしたよ。だけど、それ以上に孫は可愛いから。小百合の両親は、小百合が幼稚園に上がる頃に別れているんだ。だから、寂しい思いもかなりさせてしまった。これで失礼するよ」

駿河は誠之介を玄関前まで見送った。

平本が捜査本部に戻ってきた。

「今、戻りました。駿河さんに言われたことですけど、滝本美雪さんは居組の出身だそうです。黒木さんは居組へ来たとき滝本家で過ごすことが多く美雪さんとは実の兄妹のような関係だったようです。だからこそ、黒木さんが小百合さんと交際していることを知った時は、美雪さんはとてもショックだったんでしょうね。奪われたと思っても仕方がないですね。分かったことは以上です」

駿河が大きく頷いた。

「なるほど、こっちもいろいろと分かったよ。ついさっきまで黛誠之介さんがここにいたんだよ。彼もまた誰かを庇っている。俺には、そう思えてならないんだ」

平本も腕組みしながら言った。

「誰を庇うんですか。美雪さんですか。そう言えば、あのメッセージカードは誰が書いたんでしょうか。もしかすると小百合さん以外の誰かが書いたのかもしれませんね。駿河さんはどう思いますか」

駿河は大きく頷いた。

「ええ、恐らく、小百合さん以外の誰かが書いたんだろうな。それはきっと小百合さんへの対抗心からだったんだよ。一番可能性があるのは美雪さんかな。それに、どうして黒木さんは美雪さんのことを庇うんだろう。いくら親せきとはいえ、おかしいと思わないか。もしかすると小百合さんは生きているんじゃないのかな。三十年前に亡くなったのが美雪さんだったとしたら、どうだろう。考えすぎかな」

長峰を駿河と平本が訪れた。

「黒木さんの小説のモデルは誰だったのか、分かりましたか?」

長峰がメモを見ながら言った。

「分かりましたよ、恐らく、小百合さんと黒木さんではないでしょうか。黒木さんの小説の手法は実体験を基にして書くんですよ。だから、一番可能性のある人物を考えました。私の推理は間違っているでしょうか、駿河さん」

駿河は苦笑いを浮かべた。

「あながち間違っていないが、正確ではないんです。確かに、あなたの言うように小百合さんと黒木さんが一番可能性が高いでしょう。しかし、もう一組いるでしょ。可能性がある人物が」

平本が声のトーンを上げた。

「なるほど。安西ウメさんと桐野隆司さんですね。黒木さんは京都に行って桐野さんに会ったのかもしれませんね」

駿河が反論した。

「平本くん。キミの言っていることはほとんど合っている。しかし正確ではない。安西さんと桐野さんのことについて俺たちは何も知らない。安西さんと桐野さん、そして黒木さんの接点について調べてみよう。そう言えば、メッセージカードの筆跡は誰だったんですか」

長峰は首を横に振った。

「それはまだ分かりません。ただ小百合さんの筆跡でないことは確かです。我々は筆跡の特定を急ぎます」

駿河は力強く頷いた。

「お願いします、長峰さん。恐らく、小百合さんの知り合いだと思いますよ。メッセージカードを書いたのは。俺の勘ですが」

桜木が駿河たちの元を訪れた。

「失礼します、ようやく見つけましたよ。二十年前の目撃者がいました。それに、その前にも同じような光景を見た人がいました」

駿河は大きく頷いた。

「なるほど。恐らく安西さんと桐野さんだったのかもしれないな。桜木くんは、その人からもう少し詳しく話を聞いてきてくれないか。どうして桐野さんがウメさんの元を離れ京都に移り住んだのかが知りたいんだ」

駿河は続けた。

「きっと小説は小百合さんと黒木さんがモデルだよ。黒木さんと小百合さんの関係を書きたかったんだ」

平本は大きく頷いた。

「なるほど、分かりました」

長峰は困惑気味に聞いた。

「あ、あの、お二人はどう考えているんですか？　安西さんの死と小百合さんの死は関係があるとお思いですか」

駿河は力強く頷いた。

「はい、思っています」

平本は駿河の言葉を継いだ。

「二つの死を明らかにすれば、今回の悲劇も明らかにすることができるとも。本当は、桐野さんと安西さんは会ってないんじゃないでしょうか。小百合さんと黒木さんが、お互いの関係を周囲に隠していたように、安西さんと桐野さんもそうだったのではないでしょうか。安西さんと桐野さんは二度と会わないことを約束して別れた……そうは考えられませんか？　だとしたら、悲しすぎませんか」

駿河は小さく頷いた。

「それでもよかったんだよ。最愛の人の傍にいられるなら。なぜなら、最愛の人と一緒にいることで、幸せや充実感に満たされたりするから。ささやかな幸せだった。たとえ、周囲に反対されても愛を貫こうとした。普通の人ならできない。素晴らしいことだと俺は思うよ」

平本は首を横に振った。

「私なら耐えられないですけどね。私ならいつまでも傍にいたいと思います」

駿河は小さく笑った。

「普通は、そうだろうな。俺もそう思うよ。でも幸福(こうふく)なんて、人それぞれだから」

長峰も大きく頷いた。

「駿河さんの言っていること、分かります。何が大切かなんて、人それぞれですから」

駿河も大きく頷いた。

「そうだね、でも、最愛の人を失うことは、とても悲しいことだよ」

長峰が力強く言った。

「そうですね、私も同感です」

駿河の携帯電話が鳴った。相澤からだった。

「いろいろと分かったわよ。桐野さんは安西さんの面会を拒否したらしい。詳細は後日、話すわ」

駿河が電話を切った。そして平本に言った。

「桐野さんは安西さんの面会を拒否したらしい。どうしてだと思う?」

平本は考え込んだ。

「やはり、二度と会わない約束をしたからじゃないでしょうか」

長峰が腕組みをしながら言った。

「そうですね、私もそう思います。それが、安西さんの死につながっているのは間違いないのでしょうか」

駿河は大きく頷いた。

「そうですね、つながっていると思いますよ。そのことがキッカケで安西さんは自ら死を選んだのかもしれない。愛する人に裏切られたと思って」

平本が小さく笑いながら言った。

「それは、一番悲しいことですよね、でも、どうして桐野さんは会わなかったんでしょうか」

長峰が言った。

「恐らく、罪悪感ではないでしょうか」

駿河が長峰の言葉を継いだ。

「後ろめたさもあったんだよ、きっと。〝後悔〟という言葉の方が正しいのかもしれない」

平本が聞き直した。

「〝後悔〟って、二度と会わないと約束したことですか？　それとも安西さんの元を離れたことですか」

駿河は穏やかな表情を平本に向けた。

「両方だよ。安西さんが亡くなったことを施設の人か誰かから聞いた桐野さんは、とても悔やんだはずだ。〝たとえ約束を破ってでも会うべきだった〟と」

長峰は小さく頷いた。

「そうでしょうね、自分を恨んだはずです。〝なぜ抱きしめてやることができなかったんだ〟と」

駿河は小さく頷いた。

「そして、こうも思ったはずだ。〝自分はなんて愚かな人間なんだ。そして好きな人も守ってやることもできない、なんて最低な人間なんだ〟と」

平本は声のトーンを下げた。

「愚かですよ、二人とも。たとえ約束したことだったとしても破ればよかったんです。最愛の人が会いに来てくれたことが分かれば嬉しいはずです。それだけで幸福です。好きな人と過ごす時間は、とてもかけがえのないものだと私は思います。でも、それを桐野さんは自分から拒んだ。安西さんは、そのことを受け止めきれず自ら死を選んだかもしれないのに」

駿河は小さく頷いた。

「そうだな。桐野さんが会わなかった理由は約束を守りたかった以外に何かあるはずなんだよ。それは黒木さんが麒麟獅子にこだわる理由につながると思うんだ」

長峰は大きく頷いた。

「ええ、その可能性も捨て切れないですね。京都にいる相澤さんが桐野さんからもう少し詳しく聞き出してもらえると助かるんですが。安西さんは以前から京都にいる桐野さんとやり取りをしていたのではないでしょうか。例えば、手紙とか。私と後藤くんは安西さんの実家を調べてみます。何か手がかりが見つかるかもしれないので」

長峰と後藤は捜査本部をあとにした。

平本が駿河に聞いた。

「駿河さん、私たちは何を調べますか？」

駿河は力強く言った。

「まずは黒木さんの元原稿を手に入れよう。そこにヒントが隠されているかもしれないから」

平本は駿河に聞き返した。

「駿河さん、小説の原稿ですか？　黒木さんと小百合さんの関係が、元原稿には書かれていると思っているんですか？」

駿河は首を横に振った。

「ああ、そうだよ」

平本は声のトーンを上げた。

「どういったことが書かれているんですか」

駿河は小さく頷いた。

「出会ってからの頃じゃないかな、黒木さんと小百合さんのことを」

平本は大きく頷いた。

「なるほど、分かりました。とりあえず小屋を調べてみませんか」

「そうだな。そうしよう」

平本が駿河に聞いた。

「そこまでして黒木さんが小百合さんのことをひた隠しにしていた理由とはなん

でしょう」

駿河が頭を傾げた。

「分からないな。でもキミの言うように黒木さんと小百合さんが使っていたとされる小屋を調べれば何か手がかりが見つかるかもしれないな。とにかく向かってみよう」

駿河と平本は捜査本部をあとにした。


駐在所からウメの実家までは徒歩十分程である。

駐在所の向かいには、自治体が管理する共同墓地がある。

桜木は三十年前の目撃者と居組新港で会うことになった。

「もう少し詳しく三十年前に目撃した時のことを話して頂けますか。東堂さん」

桜木の問いに東堂は答えた。

「断言はできないけど、たぶんウメと彼女の子どもだと思う。後ろ姿を見ただけなんで」

　桜木は少し考え込んでから言った。

「ウメさんと子どもですか。どうして安西ウメさんだと思ったんですか？」

　東堂は即答した。

「だって左足を引きずっていましたから。詳しいことは知らないんですが、ウメさんは子どもの頃にケガをして、それ以降左足を引きずるようになったんです。とても悲しそうな表情をしていました。男性と別れたことを後悔しているようにも見えました」

　桜木は東堂に尋ねた。

「安西さんは男性の名前を言っていましたか？　安西さんと最愛の人は、どこかで会う約束をしていたという話は聞いてないですか？」

　東堂は少し考え込んでから言った。

「いいえ、名前は言っていませんでした。子どものことは、駐在所勤務の人には告げていたようだけど」

東堂は桜木の元から去った。


一方、長峰と後藤は旧港で聞き込みを始めた。

「安西さんの実家がどこなのか知りませんか？」

住民は少し考え込んでから言った。

「確か、新港の近くにあるタバコ屋さんだったと思うよ。そう言えば、かなり昔におお巡りさんのところに差し入れを持っていくウメさんを見たな」

長峰と後藤は顔を見合わせた。

「安西さんが駐在所に差し入れを持っていくところを見たんですか。それは、いつ頃ですか？」

住民は少し考え込んだ。

「確か、三十年ほど前だったと思うよ。とても嬉しそうだったよ。子どもも連れていたな。もういいかな」

住民は長峰たちの元から去った。

後藤は長峰に聞いた。

「どういうことなんでしょうか」

長峰も頭を傾げた。

「どういうことか、私にも分からないです。ただ、安西さんの交際相手が桐野さんだったということは間違いないですね。あながち駿河さんの推測は間違っていなかったのかもしれないですね」

後藤も大きく頷いた。

「なるほど」

長峰も大きく頷いた。

「後藤くん、キミに確認してほしいことがあります。メッセージカードの筆跡が誰なのか特定してほしいんですよ。私はこのまま、安西さんの実家を訪れてみようと思います。それと黒木さんの小説のモデルが誰なのかも特定しようと思います。駿河さんたちの言うように、黒木さんの書いた小説が今回の件を解くカギになると思うんですよ。だから、調べてみます」

長峰と後藤は別行動を取った。


駿河と平本は黒木たちが使ったとされる小屋を訪れた。周囲には木が生い茂っていた。

「ここで元原稿を見つけられたらいいんだけどね」

平本は駿河に聞いた。

「駿河さん、教えてもらえませんか、ここへ来た本当の理由を。別の目的があってここへ来ましたよね。何ですか？　私に隠し事って水くさいじゃないですか、相棒なのに」

駿河は苦笑いを浮かべて言った。

「キミにはかなわないな。そうだ、キミの言うように俺がここへ来た本当の理由は原稿探しではない。二十年前の事故につながる証拠を探しに来たんだよ。二十年前の出来事は、単なる事故ではないのかもしれない。だから、それを調べに来たんだよ」

平本が聞いた。

「単なる事故じゃないかもしれないってどういうことですか」

駿河は首を横に振った。

「俺も、ハッキリとしたことは、まだ分からないんだけど、なんとなくそんな気がするんだよ。すまない、黙っていて」

平本は遠慮気味に聞いた。

「事故じゃなければなんですか？　事件の可能性があるということですか？」

駿河は小さく頷いた。

「事件の可能性は低いだろうな。でも、俺たちが知らない何かが二十年前に起きたことは間違いない」

平本は駿河に聞いた。

「どうして、黒木さんと誠之介さんは必死に美雪さんのことを庇うんでしょうか」

駿河は興奮気味に言った。

「もし、本当の被害者が美雪さんだったとしたら、どうだ？　そのことを、黒木さんと誠之介さんは、小百合さんから聞いていたんじゃないかな。だから、庇うことにした。そうは考えられないか。今から美雪さんに会って確かめてみよう」

平本は大きく頷いた。

「分かりました。そうしましょう」

駿河と平本は滝本家を訪れた。そして、美雪に告げた。

「あなたは砂村小百合さんですね？　二十年前に亡くなったのが、本当の滝本美雪さん。あなたが自首してくれることを我々は待っています。これで失礼します」

駿河の問いに美雪は小声で言った。

「刑事さん、ありがとうございます」

駿河と平本は一言も話さず、居組駅へ向かった。

駅に列車が入ってきた。平本が駿河に告げた。

「駿河さん、〝彼女〟は自首してくるでしょうか。どうして彼女は二十年前の出来事を引き起こしたんでしょうか。そして、いつ黒木さんたちに告げたんでしょうか。それにしても黒木さんたちも間違っていますよね。もし駿河さんの言う通りなら、その場で自首をさせるべきだったんです。私には理解できません。駿河さんは、どうですか？」

駿河は小さく頷いた。

「俺は分かるよ。黒木さんたちの気持ち。好きな人を守りたかったんだよ。方法は間違っているって黒木さんたちも分かっているんだよ。でも、好きな人には逃げおおせてもらいたいって、思ったんじゃないかな」

その頃、京都にいる相澤と殿村は桐野の入所している介護施設を訪れていた。

「あなたが桐野さんを担当されている方ですね？　どうして面会を拒否したのか聞いていいますか？」

相澤の問いに職員は周囲を気にしながら言った。

「桐野さん、一年前に認知症を発症したんです。私たちの顔すら分からなくなっているんです。認知症を発症するまでは誰かと手紙のやり取りをしていたようです。とても嬉しそうでした。その方への手紙は自分で出しに行っていましたから。暑中見舞の手紙をいつものように郵便ポストに出しに行って施設へ戻ってくる時に車と接触事故を起こして頭を強打して……それからです」

相澤と殿村は職員立ち会いの下、桐野に会った。

相澤が桐野に警察手帳を呈示した。

「京都府警遊軍捜査課の相澤と殿村です。安西ウメさんをご存知ですよね？　あなたに会いに来た直後に、安西さんは桂川の下流で遺体となって発見されました。どうして会わなかったのか教えて頂けますか」

桐野は何も答えなかった。口を真一文字に結んだまま。

相澤は殿村を促した。

「殿村くん、府警本部に戻ろう。桐野さん、また来ます。では」

桐野は大粒の涙をこぼした。職員は何も話しかけられなかった。

殿村は相澤に尋ねた。

「相澤さん、どうして桐野さんに安西さんが亡くなったことを伝えたんですか？認知症の彼に何を言ってもムダでしょう。だって職員や安西さんの顔を覚えていないんですから」

相澤は殿村にポツリと言った。

「本当に桐野さんが認知症ならね。彼は安西さんに〝会えなかった〟のではなく、〝会わなかった〟んだよ、意図的にね。会わない理由が何かあるんだ、きっと。もう少し詳しく調べてみよう」

殿村は大きく頷いた。

「分かりました」

相澤たちは介護施設をあとにした。

その頃、居組では駿河たちが小屋の周りで原稿を探していた。

二人の前に黒木が現れた。

「キミたちは二十年前の真相が知りたいんだろ？　教えてあげるよ。私も、その場にいたからね」

空に鉛色の雲が広がってきていた。

「雨が降ってきそうだ。平本くん、小屋の中に入らせてもらおう」

駿河は平本を促した。

黒木は駿河と平本に冷茶を出した。

「キミたちがどこまで真実に辿り着けているのか知りたいんだ。教えてもらえないか」

駿河は冷茶を飲み干してから話し出した。

「分かりました。二十年前に亡くなったのは砂村小百合さんではなく滝本美雪さんだったと考えています。動機は恐らく、あなたでしょうね。違いますか？　美雪さんは、あなたと小百合さんがここから出てくるところを偶然見てしまった。その時、美雪さんの心に秘めていた嫉妬の炎が燃え上がり、小百合さんに襲いかかったんです。対抗心からだったのかもしれません。〝黒木さんにふさわしいのは自分だ〟とでも言いたげに小百合さんの首を絞めた。身の危険を感じた小百合さんは、美雪さんの腕を力一杯振りほどいた。その時、美雪さんが倒れるかなにかして、不運なことに亡くなった。あなたは誠之介さんを呼びに行くのと同時に、ここから離れるように小百合さんに指示を出した。そして道すがら事情を説明した、誠之介さんに。誠之介さんとあなたは偶然乗り捨ててあった車の中に遺体を移動させた。そして、小百合さんが亡くなったかのような偽装工作をしたんです。そして、車の中にメッセージカードを残してから、立ち去った。混乱している小百合さんにあなたは、〝このことを誰にも言わないように〟と口止めした。あなたと誠之介さんは小百合さんを守っていくことを決意した……。どうですか？　間違っていますか」

黒木は重い口を開いた。

「なあ教えてくれないか。いつから疑っていたんだ。小百合と美雪が入れ替わっているということを。我々は怪しい素振りは見せなかったはずだが」

駿河は黒木に言った。

「怪しいと思ったのは、必死になって美雪さんのことを、あなたと誠之介さんが庇っていたことです。何かあると思いました。あなた方が庇わなければならない特別な理由が。私からも質問していいですか？　小百合さんのしたことは正当防衛が成立するはずなのに、どうして自首を勧めなかったんですか？」

平本は怒りを抑えながら言った。

「あなたは小百合さんを愛していたんですよね、だったら彼女が……」

平本の言葉を遮ったのは、小百合だった。

「あなたたちに何が分かるのよ。黒木さんとお祖父(じい)ちゃんがどれだけ苦しんだか知らないでしょ。それなのに勝手なこと言わないでよ。自首をしなかったのは黒木さんたちのせいじゃない。私が弱かったから。甘えていたから、二人に。ごめんね、黒木さんとお祖父(じい)ちゃん。迷惑かけて。もう大丈夫だから。心配しないで」

言い終えた小百合はおもむろに小屋に火を点けた。

外に逃げ出した駿河は中にいる小百合に言った。

「小百合さん、あなたの選んだ方法は間違ってる。生きて罪を償うべきだ」

平本も駿河の言葉を継いだ。

「そうです。こんなことをすれば好きな人が悲しむだけです」

小百合は優しく微笑んだ。

「ありがとう。優しいのね、あなたたちは。二十年前の出来事は私が弱かったから起きたのよ。だから、黒木さんたちは悪くないの。それだけは分かって」

黒木は首を横に振った。

「嫌だよ、やっと一緒になれたのに。また離れ離れになるなんて。あの日、言ったじゃないか。〝これからはずっと一緒だ。ボクがキミを守る〟と。キミを自首させなかったのは、私もキミと同様に弱かったからだ。遠くへ行ってしまうような気がして怖かったんだよ。だからこそ、キミと過ごした幸せだった日々のことを小説に書こうと思った。居組の祭りにこだわったのも、祭りには幸福をもたらす意味があるから。今までは不幸だった人生でも、これからは幸福になれるかもしれないという願いを込めて、書き始めたんだ。キミがいない人生なんて考えられない。お願いだからボクのところへ戻ってきてほしい」

小百合は表情を変えずに言った。

「ありがとう。あなたと過ごした日々は本当に充実してた。だから、あなたに迷惑をかけたくなかった。さようなら」

駿河と平本、そして黒木は、小屋が燃えていくのを見守ることしかできなかった。

平本が駿河に悔やしそうな表情をしながら言った。

「私たちが彼女を追い込んだんでしょうか。私たちが罪を明らかにしなければ、こんなことにはならなかったんでしょうか」

駿河は平本に優しく微笑みかけた。

「俺の責任だよ。すまない。ところで、もう一つの謎も解けた気がするんだ。桐野さんは安西さんに〝会えなかった〟のではなく、〝会わなかった〟んだよ。だから、認知症になったというのもウソだ。安西さんに自分のことを忘れさせるための、一種の芝居だったんじゃないかな。本当は、とても嬉しかったはずだよ。でも、それを安西さんは裏切られたと信じ込んでしまい、自分から命を絶ったのかもしれない。まあ、俺の推測だけどな」

「駿河さん、黒木さんと小百合さんは本気で愛し合っていたんですね。でも自分の罪も償わずに自ら死を選ぶなんて間違っていますよ」

駿河は平本にポツリと言った。

「そうだな。でも黒木さんと小百合さんは充分苦しんだし罪も償ってきた。なあ、知ってるか？　麒麟獅子には三つの舞があるらしい。一つ目は初舞。これは各家庭の玄関で舞うもの。二つ目は村の神々に奉納時に舞う、中舞。最後が本舞と呼ばれるものだ。これは神前で、家内安全を願って舞うそうだ」


数日後、京都に戻った駿河と平本は、桐野が入所している施設を訪れた。そこには相澤と殿村もいた。

空に鉛色の雲が広がってきていた。

駿河たちは桐野に面会を申し出た。

職員が桐野に確認を取って、駿河たちを部屋に案内した。

駿河が桐野に挨拶をした。

「初めまして、京都府警遊軍捜査課の駿河と平本です。元居組駐在所巡査の桐野さんですよね。少し昔話をさせてもらえませんか。駐在巡査と女性教師の秘めた恋の話です。二人が出逢ったのは五十年前のある地方でのお祭りの時でした。駐在巡査が女性教師に一目惚れをしたんです。そして、巡査は彼女に想いを告げた。二人は付き合うことになったんです。しかし、周囲には内緒にしていました。だから、周囲は二人が交際していることは知りませんでした。二人の逢引きの場所は駅近くにある小屋でした。ところが、秘密というものは、いつしかバレるものです。二人が交際していることが周囲にバレてしまって二人は引き裂かれてしまったんです。その時でした。彼女が巡査の子どもを妊娠していることに気付いたのは。彼女は彼にウソをついたんです。〝あなたのことが嫌いになった、顔も見たくないから私の前に二度と現われないで。二度と子どもにも会わせない〟と告げたんです。それを信じた彼は彼女の元を去り、親せきを頼り京都へやってきたんです。それが今から四十八年前の話です。彼女は子どもを女手一つで育てる決心しました。それから彼女は巡査に手紙を出し始めたんです」

平本が駿河に尋ねた。

「それは謝罪の意味もあったんでしょうか？　ウソをついたことへの懺悔だったんでしょうか」

駿河は小さく頷いた。桐野に視線を向けた。

「ああ、そうだろうな。そして、もう一度彼に逢いたいという願いもあったのかもしれないな。逢って、彼がいなくなってからのことを話したいと思っていたのかもしれない。彼も彼女を抱きしめたいと考えていたに違いないさ。すみませんでした、四十八年も前の話をしてしまって。でも、彼女は真剣だったと思います。そして彼もまた、彼女のことを本気で愛したと思っています。我々はこれで失礼します」

帰ろうとする駿河たちを桐野が呼び止めた。

「待ってくれ、まだ帰らないでくれないか。話を聞いてくれないか、私の」

駿河が力強く言った。

「はい、お話を伺います」

桐野は深々と頭を下げた。

「ありがとう。私は勘違いでずっとウメを恨み続けていたんだ。私はウメを許せなかったんだ。〝子どもを堕ろした〟と言ったことが。私は死ぬまでウメと一緒にいるつもりだった。それが私の本音だ。子どもとウメを守っていくつもりだった。裏切られたと思っていたのは私の勘違いだったようだな、キミたちの話を聞いていると」

相澤が桐野に尋ねた。

「どうして、安西さんとの面会を拒否したんですか。手紙のやり取りはしていたはずなのに」

桐野は寂しく笑って言った。

「怖かったんだよ、嫌われているんじゃないか、いや失望されることがと言ったほうが正しいのかもしれない。認知症になったフリをしたらウメも諦めてくれるかと思ったんだが、あんなことになるなんて」

駿河が答えた。

「安西さんが桂川の河川敷で亡くなったことですね。桐野さん、あなたは後悔したのではありませんか？　〝自分がバカなことを考えなければウメは亡くならなかったのではないか〟と。桐野さん、安西さんは事故死だったんです。そのことをお伝えしておきたくて。では、我々はこれで失礼します」

桐野は大号泣していた。

相澤が駿河に尋ねた。

「ねえ、どうしてウソをついたの？　安西さんが事故で亡くなったと」

駿河は小さく笑った。

「これ以上彼を苦しめることはないと思ったからだ。ダメだったかな」

相澤も苦笑いして言った。

「いいんじゃない？　嘘も方便って言うから」

駿河たちは施設をあとにした。

平本が駿河に尋ねた。

「安西さんは、桐野さんが会ってくれないのは自分のせいだと思っていたんでしょうか」

駿河は小さく頷いた。

「たぶん、そうだろうな。ウソをついたからバチが当たったのかもしれないと思ったはずだ。その罪を甘んじて受け入れようとも。とても辛かったはずだ。安西さんとの手紙のやり取りは桐野さんにとっても楽しみの一つだったはずだ。長峰さんの話によると、安西さんは桐野さんから手紙が来た時はとても嬉しそうにしていたそうだ。きっと桐野さんもそうだったんじゃないのかな。だから、いそいそと手紙を出しに行ったんじゃないのか。桐野さんと安西さんは互いを想うあまり、すれ違ってしまった。そして、悲劇を生んだのだと俺は考えている」

相澤も小さく頷いた。

「それは黒木さんと小百合さんに関しても言えるのかもしれないわね。あの二人も、互いを想うあまり、すれ違い、悲劇を生んだ。すれ違いに早い段階で気付いていれば、いい方向に進んだのかもしれないけど難しいよね、大事な人を守るって。言葉では〝守る〟とか、〝傍にいる〟とか簡単に言えるけど、実際、行動に移すことになったら、そうはいかない。相手にも気持ちがあるから、考えなければならない。相手の気持ちを考えずに突っ走ってしまうと独り善がりになって嫌われてしまう。でも、人を好きになることは素晴らしいことだと思うよ」

駿河が苦笑いをしながら言った。

「力説ありがとう。でも、平本くんにはまだ早いかな。男女の機微には疎いから、キミは」

相澤も大きく頷いた。

「私も分かる気がするな、駿河くんの言っていること。平本さんは純粋だから、いつまでもそのままでいてね。私と駿河くんが気付かないことで、あなたが思いつくことだってあるんだから。殿村くんもだよ。二人とも、頼りにしてるよ。いい部下をもってよかったと思ってる」

平本は照れくさそうに答えた。

「ありがとうございます。これからも頑張ります」

本作品はフィクションです。実在する人物、団体とは一切関係ありません。

著者プロフィール

但馬 敏（たじま びん）

1981年11月5日生まれ、京都市出身。

著書『遊軍捜査課殺人事件簿』（2017年、文芸社）

遊軍捜査課殺人事件簿2 幸福をもたらす舞

2024年2月15日　初版第1刷発行

著　者　但馬 敏

発行者　瓜谷 綱延

発行所　株式会社文芸社

〒160-0022　東京都新宿区新宿1－10－1

電話　03-5369-3060（代表）

03-5369-2299（販売）

印刷所　株式会社エーヴィスシステムズ

ISBN978-4-286-24555-3